活寶

烏龍院　精彩大長篇

2

漫畫　敖幼祥

炮炮四兄弟

烏龍院　大師父

烏龍院　小師弟

烏龍院　大師兄

正義公堂　蔡捕頭

目錄

第 9 話

八個巨大的秦俑

屏息佇立護衛命牽一線的九個號碼

這些雕像好像都是軍人的樣子。

會不會是《西遊記》裡被孫悟空打敗的天兵？

是誰在這種鳥不生蛋的地方搞出這麼大的東西？

和你頭巾上繡的一模一樣！

艾飛！你看上面那個奇怪的符號！

那就是爸爸失蹤前在牆上留下的記號啊！

你說這些大怪物就是寶藏？

發了！

我變成富婆了！

嗯，用鐵做的噢！

一個起碼一千斤，一斤賣十塊錢，一共……

暈了！超難算！反正肯定能撈一票！

超級重！

快來幫忙搬啊！

站在那裡發呆幹什麼？

叫你哪！

快過來看！

你被踩得好慘哪！

頭殼這麼大，為什麼還這麼笨？

噁不噁心？別亂認爹嘛！

也許那是別人的頭。

對喔！

我爸的皮膚沒這麼白

!!!

那我爸到底在哪裡呢？

快说！

你到底是不是？

好煩哪！

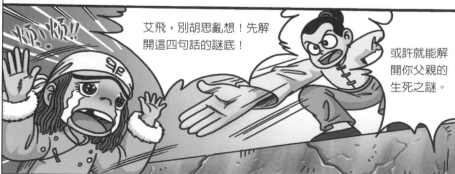

艾飛，別胡思亂想！先解開這四句話的謎底！

或許就能解開你父親的生死之謎。

五虎、八仙、三星、四方……

五虎上將少關張
八仙過海天瀟湘
北斗三星墜銀河
梁山百將散四方

所以謎底就是五、八、三、四。

太簡單了！謎底一看就知道了嘛！

你大腦太簡單了吧！

要是這麼好猜，幹嘛還要搞這些。

你批評我？

你自己去猜吧！！
猜錯的話
由你負責
少煩我

先從第一句……

五虎上將少關張……

「關張」應該是指三國時代的關羽和張飛。

五虎將少了其中的兩位，所以就是……

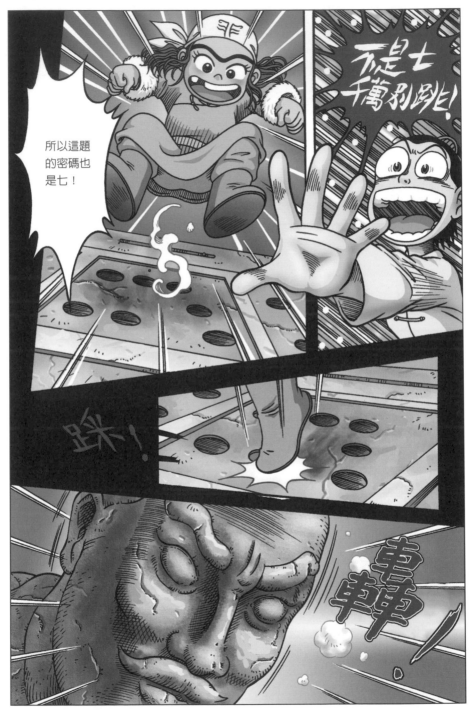

啊！這種姿勢人家會害羞……

別亂動行嗎？

我數到三，就把腳移開！

成功啦！石板不再動了！

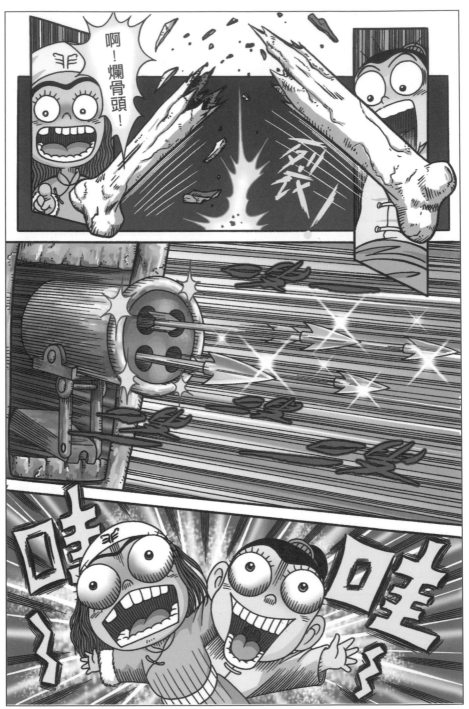

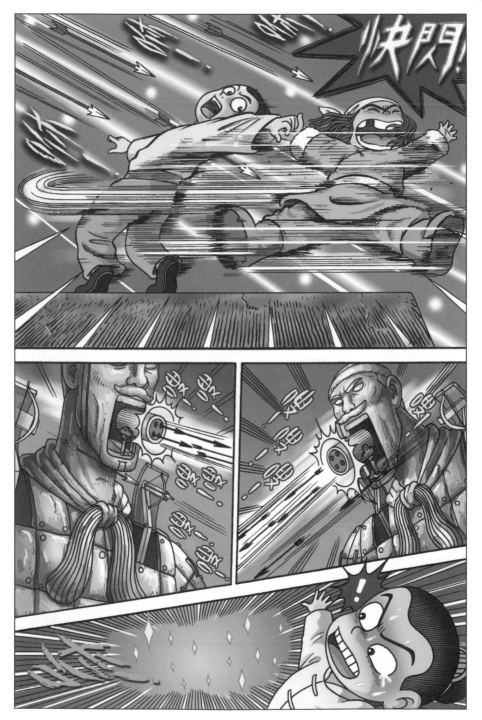

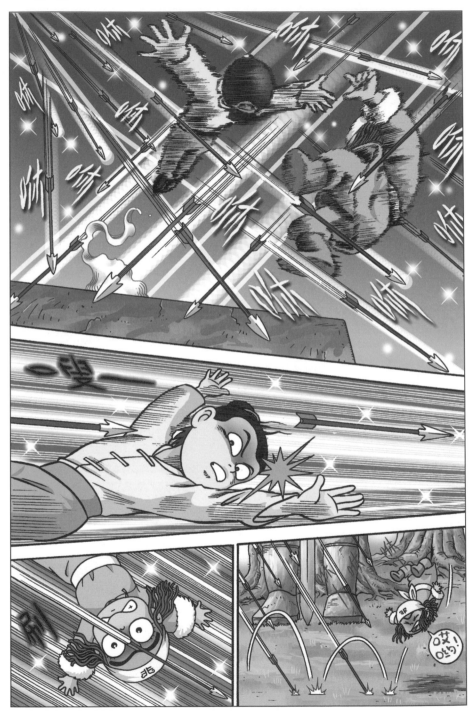

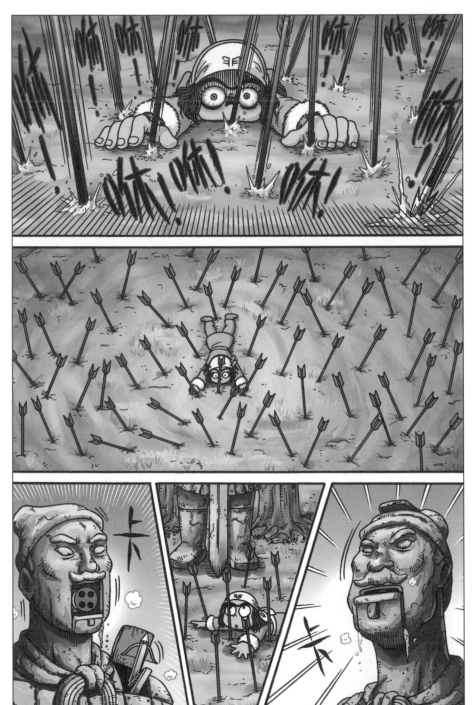

瘋瘋癲癲！差點被你害慘了！

扎你這沒水準的！

你又想幹啥？

沒事！這是……好箭！好箭！

喂！喂！你怎麼還上去呀！

我一定要把謎底解出來！

你有毛病呀！

萬一再猜錯，巨人又要放箭了！

剛才都是你亂踩才會發生的！

「北斗三星墜銀河」，謎底怎麼會是七呢？

老是怪我！

你不是說北斗有七星嗎？

七星墜落了三星還剩幾星？

這個太簡單了。七顆星掉了三顆⋯⋯剩下的是？

白癡嗎？七減三等於四！還要算半天！

討厭！正要說出來就被你搶答了。

TOM！

咻～！

噁心！好黑黑的鼻孔！

還你。

抹！

被她打敗了！

第三道題的謎底是⋯⋯

四

真聰明！
終於答對了！

慢著！

喂！

為什麼一定是一百零八條？

不是一百零七條？

因為《水滸傳》裡寫的！

有沒有可能是一百零九條？

不可能！

那麼

說不定是一百零八點五條！

嗯

走開！
我自己來踩！

猴急！

一定是踩錯了啦！一定是錯了！

走過來啦

天哪

第 10 話

醉鄉葫蘆酒家

對飲三杯天下無畏，好酒一罈人生幾何

喂！你要幹嘛，大爺？

瞧咧！又鬧事了！

呸！你是什麼東西敢說我？

滾！

告訴你多少次……

顧客永遠是上帝！

啊！

老板娘！

呦！是誰的火氣那麼大哪！

切！是你。

胡媽媽！你店裡的水平愈來愈差啦！

斷雲山村長
——朱大

找這種馬臉妞來當服務員？

呦！人家是大型瓜子臉！

打著燈籠也找不到！

更何況朱大爺從不挑食的嘛！

見錢眼開

見錢眼開

金元寶！

想要嗎？

要！

給我！

給我！

給你個
大頭！

哎喲～你
弄疼我了！

金元寶上
印的符號
……

那是——

親愛的朱大爺，您最近是在哪裡發的財呀！

我……發財！哈哈哈……

就是在苦菊那嘛！

你是說斷雲山下的艾寡婦？

別開玩笑了！

那對孤兒寡母窮得喝西北風，哪來的金元寶！

HA HA HA

同情心，你懂嗎？

昨天山下來了四個奇怪的人。

剛好遇到大爺我去討債。

他們同情艾寡婦。

所以幫她還了債……

你說的「他們」又是誰？

酒喝多了！

記不得咯！

說嘛！說嘛！

豬腦袋快點想！

K! K!

我想起來啦！

那群奇怪的傢伙叫做「烏龍院」！

烏龍院？

金元寶！

嗯！

哇哇哇！好漂亮的金元寶！

見者有份！

你敢獨吞！

不給！

打！

各位姑娘！

歪白銷魂

大姐！

拿過來！

鐵葫蘆吸引功

著！

果然是阿房宫煉丹師的專用印記！

火速通知林堂主立刻帶人到斷雲山！

上山的路嗎?

咳!

師父不知道的,我告訴你吧!

哎呀!有蚊子!

PA!

咳!

咳!

這上山的路嘛……

來來來!我告訴你們!

臭大頭!又給我難看!

苦菊

今天我非把你給……

看到美女就見色忘友！

太沒理智了！

哎喲！

弄得滿頭大汗！

・・・・

你可真有兩下子嘛！

把她們逗得那麼樂？

樂什麼呀？我們中計啦！

你在嘀咕什麼？

瞧瞧屋頂上！

啊

第 11 話

脂粉味的殺機

小扇輕搖，馬臉醜女暗擊大師兄

這五湖四海大把的好山好水你不去？

偏偏要跑來斷雲山做什麼？

我喜歡，我高興。

我愛這裡。

不行嗎？

要你管？

我看你是愛上了先秦的金元寶吧！

什麼金元寶？

你說的我聽不懂。

就是你當爛好人送出去的金元寶！

知不知道演戲是要有默契的！

你沒早點通知我呀！

林公公，你也
該出手了吧？

我就知道你
見不得我閒
著。

風

真討厭，又
得弄髒我美
麗的指甲！

不妙，背後一股寒意！

長眉！當心那隻沒鳥的偷擊！

溜掉了？

就來玩一玩老鷹抓小雞的遊戲吧！

胖叔叔！你不帶我們上山去玩啦！

呵！我的「大悲菩提勸世功」發生作用了。

看來上次去少林寺補習還真的是學出了心得。

胖叔叔。

嗯哼。

你傻不傻呀

逗著你玩的！

大頭呆才會當真哪！

把他鉤起來交給林公公要賞錢！

看來善良的路上是寂寞的啊！

一嘆！　二嘆！　三嘆！

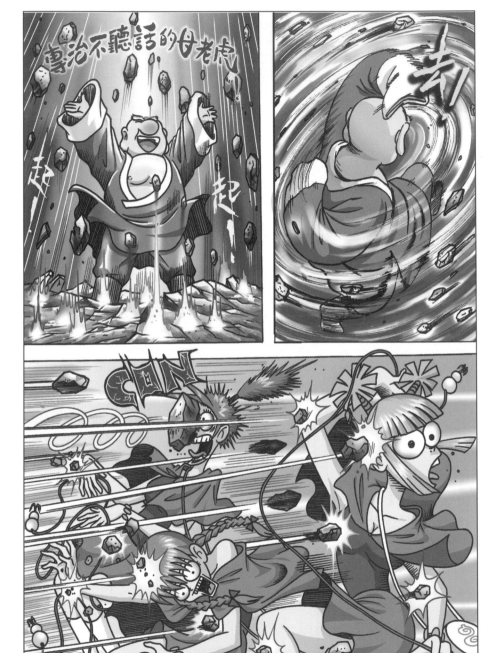

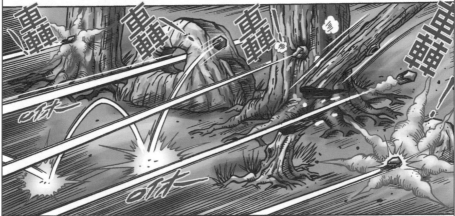

帥呀！
胖師父！

一下子幹
掉三個！

啊！

哎呀！艾寡婦被你嚇昏啦！

誣賴我！她是被你捶暈的！

找打！陰陽怪氣的傢伙！

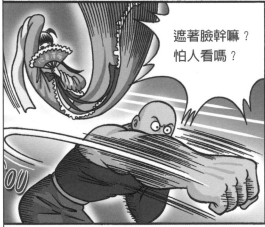

遮著臉幹嘛？怕人看嗎？

我打……

要打什麼呀？

想要打啵是不是？

再來一個。

瞧你長得挺健壯！

怎麼才來一下就挺不住了？

人家今天才換了名牌口紅的！

對不起呀！實在是因為妳長得太抱歉了！

討厭你！

頭髮弄亂了。

口紅塗得像兒子屁股！噁心！

可是人家喜歡嘛！

小光頭挺可愛的。

電波 STOP

他既老實，又結實。

這句是實話。

很像咱們老家那頭小驢。

驢？

放肆！妳！

照你這麼說，我家師父豈不變成老禿驢？

小禿驢還挺倔強的！站穩你的蹄子吧！

天哪！這是什麼邪門功夫？

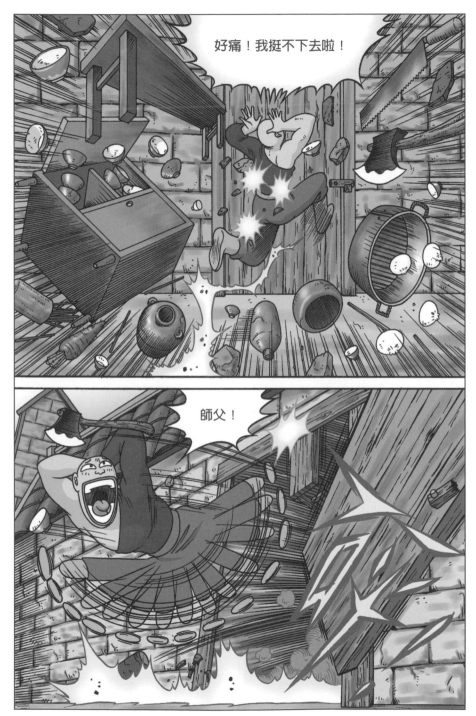

徒弟？

進去！別出來！

什麼？好不容易才衝出來又要我進去？

裡面那個女人太可怕啦！

CON

沒出息！艾寡婦有那麼可怕嗎？

不是艾寡婦！是一個像葫蘆的胖女人啦！

屋裡還有誰？

像葫蘆的女人？

屋子裡被伏兵侵入啦!

不妙!

蹬!

聰明的胖師父你們現在激動也太遲啦!

裡面已經被葫蘆幫控制住了!

大力吸引婆!!
鐵葫蘆

嚇退三步···

這個死大頭!竟然把我歸類到「婆字輩」!

嘀咕什麼？

肯定是怕師父了。

大姐名聲真響！連胖老頭都認識你！

喂！

你也敢嫌我老嗎？

肥婆！不怕皮癢就出來

HAHA

我師父最會抓癢啦！

他剛才叫我什麼？

「肥婆」！

可不是嘛！大姐，你減肥的錢又白花了！

沉魚落雁

我把你吸成人乾！

這雙鞋送你！

砰！

我喜歡這味道！

快把他吸過來吧！

堅持最後防線 絕不放棄！

我要穩住！

吸 吸

別跑！小寶貝！

大白天動手動腳的，還真熱！

你……到底把我的徒弟吸哪裡去了？

放心！我又沒把他給吃了！

二妹子！綁好了就出來！別讓人家師父血壓高！

來了！出來見客吧！

毀了。

沒了老公，沒了女兒，如今連我也……

喂！不是你想像的狀況

啊！又暈了！

師父！你趕緊想想辦法吧～～

叫你師父也沒用！

把他剁了！

師父……救……命……

真囉嗦，要剎就剎吧！

老烏龜沒良知呀！你……

酷！

呵呵呵呵呵呵……

我喜歡這樣的男人！

那就把你剎成像林公公一樣吧！

像我一樣有啥不好？

像你？

我當太監你多沒面子呀！

行了！

我認輸。

早說嘛！自己人
何必傷了和氣！

噁心！

誰跟你是
自己人？
你別毛手
毛腳！

有什麼條件
快說！

我要你……

帶我上斷雲山。

找活寶！！

哈哈哈哈！你這個人真好笑！

我帶你上山？那誰帶我上山呢？

長眉，你少裝蒜了。

你的小徒弟不是已經上山去了嗎？

他是坐這種破東西上去的吧？！

什麼破東西？那是我發明的烏龍號熱氣球！專門飛上山去尋寶用的！要不是那兩個小孩頑皮，我們早就……

你們早就上山找活寶了？對不對？

說溜嘴了。

哼！對又怎樣？沒有我的氣球你也甭想上山！

你以為頭大就代表聰明嗎？

聰明的人總是有個致命的毛病，那就是「自作聰明」！

我的頭就是比你大顆！

怎麼樣！

你會造熱氣球嗎？

咦？

黑了？

？

叩可

下巴嚇脫臼！

第 12 話

凌厲的雄鷹號

玄祕古坑內活寶乍現特攝魄

什麼？

你……

竟然拿女人當墊背！真是狗熊！

罵得好！

再打！

你怎麼比女人還會拖拖拉拉？

到底要不要上山哪？

你在山下看好這兩個人質！

行！

等我們得到東西之後，就把他們……

啊啊……

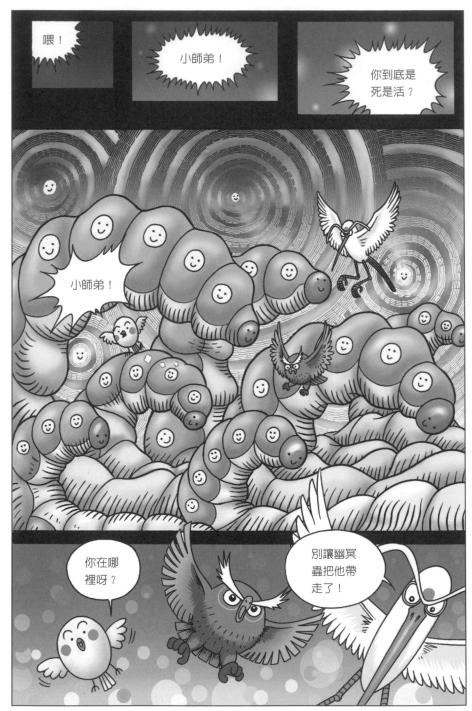

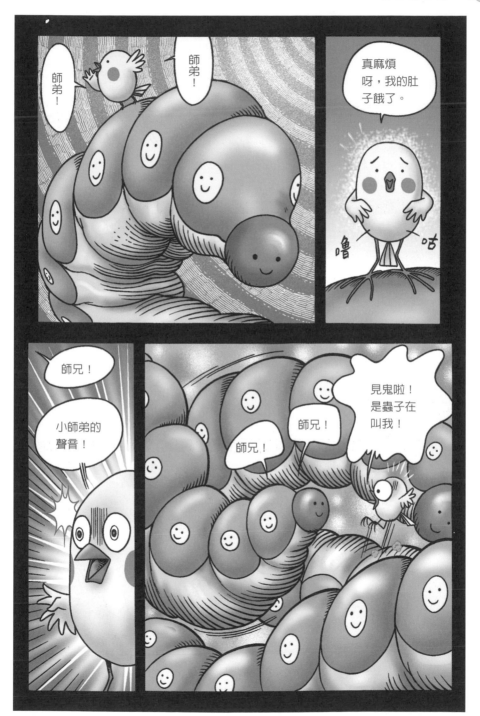

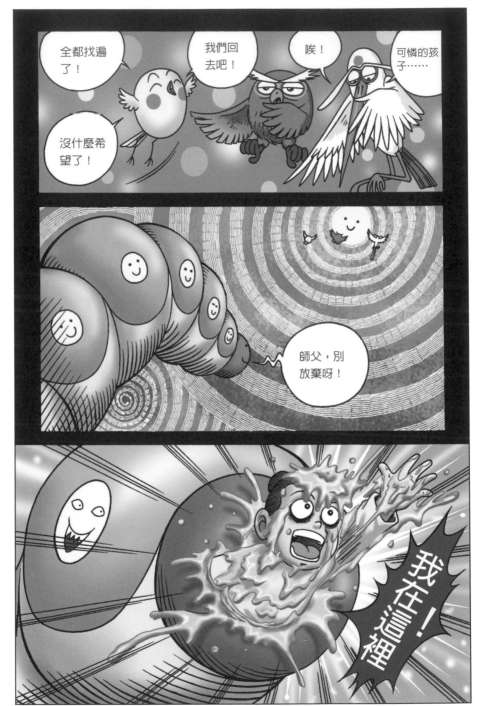

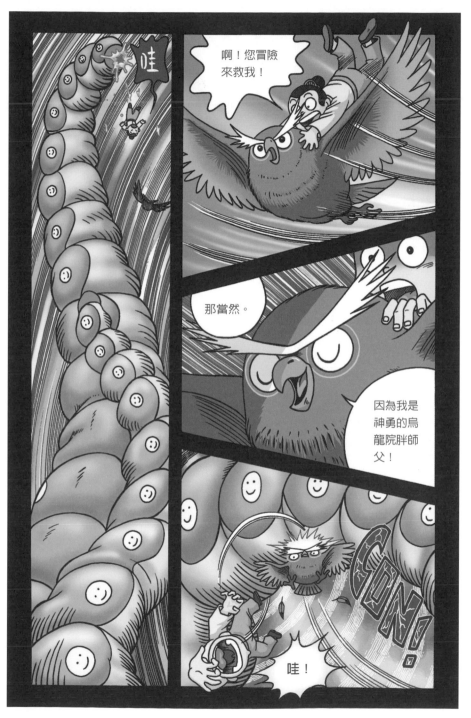

胖師父你好笨哪！

啊！

！

……

是在做夢！

頭好疼。

一定是剛才跌下來摔暈了。

艾飛！

面部著地，混身是血！

好慘哪！

哎呀！已經夠醜的鼻子壓得更扁啦！

立刻用烏龍氣功為她止血。

點穴！

我點點點！

天哪！愈止愈狂噴！

她快死了。

頭皮發麻……

誰？是誰在我後面講話？

第 13 話

小內褲的尋航

地宮精靈千年活寶附身小艾飛

鬼呀！遇見鬼啦！！

師父說過「怕，只是一種逃避。」

天哪！有什麼東西能夠活一千五百年？

算了！叫也沒用！反正已經遇上了！

應該要面對怕的來源！

烏龍打鬼拳

穿過了！

拳頭打在空氣裡！

完了！完了！今天要掛在鬼的手裡啦！

哇！超倒霉！

拜託你一次嚇死我好嗎？

我又沒有要害你！

而且我還想救你們。

帶你們離開這裡。

你的女朋友生命就快終止了。

確切時間還剩下兩分三十二秒。

什麼女朋友？別亂說！

艾飛不是我的女朋友！她是……

這種時候你還計較那麼多？

也對！

你少鬼扯了！

要救就快一點！

切！

但是你必須先答應我一個條件！

你？

真的是鬼嗎？

為什麼說話口氣和我大師兄一樣現實？

說吧！

有什麼條件？

逼我發誓！

我一定保守祕密，否則就……

數學考不好！

走路會跌倒！

出門被狗咬！

……

這也叫發誓！

太隨便了吧？

你是挑剔鬼！

艾飛的生命剩下最後十秒。

九秒

八秒

七秒

六秒

對今天所看到的一切嚴守祕密！

若有違背誓言，願遭天打雷劈七孔流血肚破腸流！

我對天地發重誓！

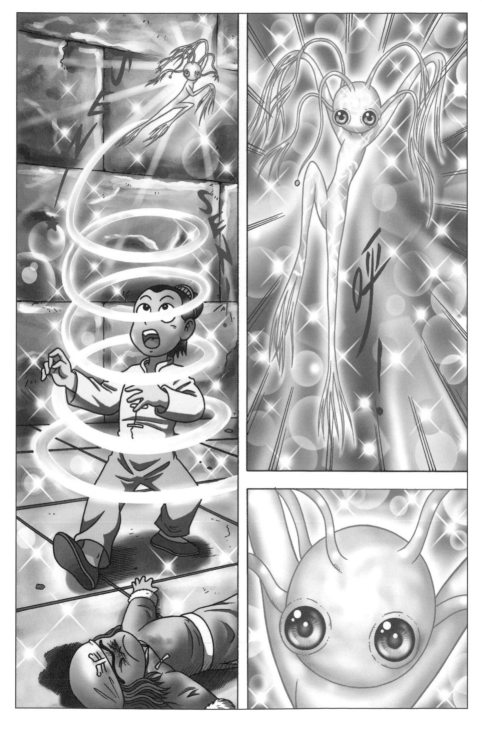

進去了嗎？

怎麼沒動靜？

叩
叩

喂！

鬼呢？

你在裡面嗎？

天哪！

略！

真的鬼附身了！

喂！你別虐待她
行不行？

我後悔了！

不應該聽從鬼計！

你！

你……你……

我怎麼呀？

你變得比原來漂亮了。

艾飛！你真的活過來啦！

艾飛！

嗯！你女朋友的身體很適合我哪！

要我解釋多少遍？艾飛不是我女朋友！

真臭！她從來不洗頭髮嗎？

天哪！她在長頭虱！

哇！衣服裡竟然養蟑螂！

JUMP

我怎麼會和這樣髒的女生一起混？

無所謂啦！再髒也是你老婆嘛！

老婆？

喂！

你好像是個糊塗鬼！

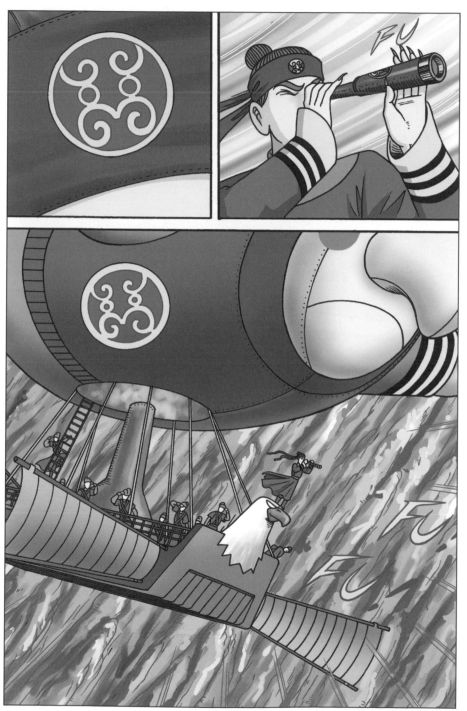

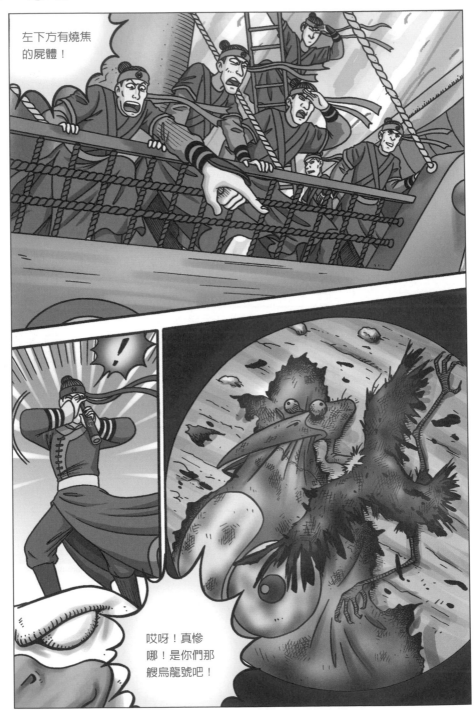

焦屍？誰的焦屍？

是我徒弟嗎？

還是小艾飛？

慘！

慘！

慘！

可憐哪！

真是慘不忍睹呀！

腦漿撞出來噴得滿地。

斷腿還在抽搐！一抖一抖的。

不就是一隻鳥屍嘛！

真會做秀！

天哪！

你還愣著？快去救人哪！

我的飛船又不是救護車。

除非你先把藏寶地點說出來！

死要錢！

祕密地點就在前面山頂上，向左再向右再向上的後面左轉再右轉。

我講出地點了，你快去救人。

你……

怎樣？

未免太善良了吧！壞人有這麼好騙嗎？

我當然相信你！胖師父。

只不過……

如果敢騙我，那就請你先跳下去吧！

啊！

FU!

左轉

然後……

右轉。

向左，不對，向右。

說謊真難受。

算了吧！

跳下去一了百了。

！

刹車

啊！

那是？

艾飛的小褲褲？

FU—

啊！被吹走了。

難道這是一種啓示？

快跟上那條內褲！

你開什麼玩笑？

想發財就得聽我的！

信不信由你。

下降！

下降！

FU—

哎喲！

向左了！

又向右啦！

刹車！

緊急左轉！

好燙！

快速上升！

哇！

幸運的小紅褲呀！真
的被你給猜中啦！

SWA

SWA

你們把我
當泰山嗎？

哇！

我的老屁股！

哎喲！

嗯？

箭上沒沾灰塵，剛射出來不久。

這些腳印是兩個小孩子的。

兩個小孩的腳印？原來他們沒有墜毀山上！

我說的是鳥屍體，是你們太緊張了！

哈哈哈

我倒是奇怪這些箭是從哪裡射出來的。

當然是從你背後射來的呀！

你沒聽說過「明槍易躲，暗箭難防」這句話嗎？

喂！到了沒有呀！

轉來轉去頭都轉暈了！

快點！前面就到了！

噴！你的「前面」是多遠哪！

看！

這就是我住的地方！

哇！真不是蓋的喔！

住在這種鬼地方！

嘻！

第 14 話

地宮的崩滅

圓圓的鑰匙盒和乾巴巴的人參

喂！你的那個「屍體」呢？

一千五百年！一千五百年！說得多陰森哪！

我想你當年就是個原始恐龍妹！

快點辦完事帶我出去！

好興奮！好興奮！

我現在就帶你去看！

看屍體會興奮？

變態！

我可是又餓又凍！

真是見鬼了。

快點！快點！就在這上面。

你的頭、手和腳怎麼不見了？

是不是給蛙蟲吃掉啦？

因為我被分屍了！

我原來是長白雪峰上的萬年老參，修煉成人形，吃了我的肉，可以長生不老。這也註定了我的命運。

秦始皇的煉丹師——沙客將我逮獲獻給秦始皇，嬴政正準備服用我的那天，我趁宮女不注意，逃出了阿房宮。

沙客率領兵團追捕，二年後在斷雲山上將我尋獲，但當時秦始皇早已駕崩，咸陽正遭兵災，項羽一把火燒掉了阿房宮。

沙客為了不讓我落入他人之手，又想讓後世有機會能讓秦始皇復活，因此將我分割為六塊，頭、雙手、雙腳，分別藏在五個祕密地點……

誰？

她怎麼會知道我的事？

我連臉都沒見著。神祕兮兮的。

只看到裸背上刺著兩隻鳳凰。

瞧你吃驚的樣子，她有那麼可怕嗎？

她！

她是秦始皇嬴政的寵妃「龐貴妃」，當年一定偷吃過我的肉！

你是說我那天看到的是活了一千五百年的古董老女人！

噓！

還有其他人跟你來嗎？

沒有呀！

我感應到有很多人進入了井內。

我怎麼什麼都感應不到？

地上有血跡但是沒有人影！

肯定是逃進洞裡去了。

點上火把進去搜！

感應愈來愈強烈了！

進來了好多高手！

你要立刻取走五把鑰匙和我的身體！

要怎麼取鑰匙？

手指扣入孔中向左旋轉！

鑰匙就在圓盤的後面。

咦？冒出了什麼東西？

KA！

別碰！那是水銀！

五道槽中的水銀碰觸在一起，就會引發滅絕系統，殺死這裡所有的生物！

你是什麼意思！

意思就是你只剩下二十秒的時間取出五把鑰匙！

哇！你簡直就是陷害我！

夠快了吧！我只用了十秒鐘！

不妙！五道水銀提早相碰啦！

快取走我的身體！

自燃了！

別停下來！
繼續前進！

沒看見他頭上被砸了一個包嗎？

腦袋掉了我也不管！

是小徒弟的叫聲！

媽呀！

快捉住他們！

讓開！有毒氣！

那是瓦斯，遇火就爆炸！

踩熄！

滅火！

咳！咳！

快跑！

快跑！

哇！

大頭噴
氣式！

吸　吸　吸　吸

噴！

BW

安全著陸！

咚！

啊！

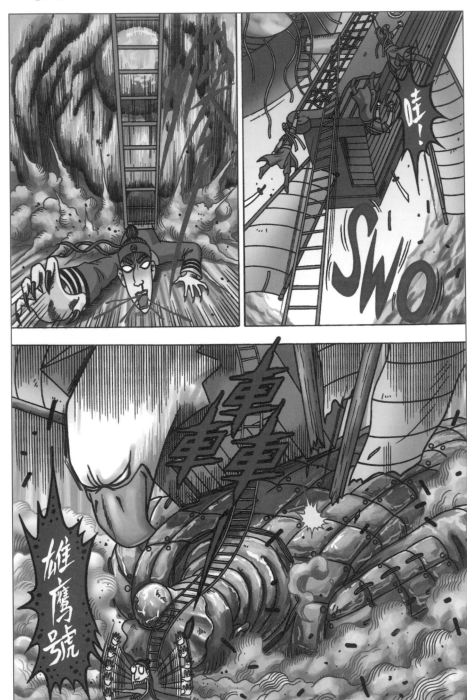

師父！我拿到五把鑰匙了！

師父？

小艾飛！我還真擔心你們哪！

這裡挺不住要崩啦！

我們得想辦法下山！

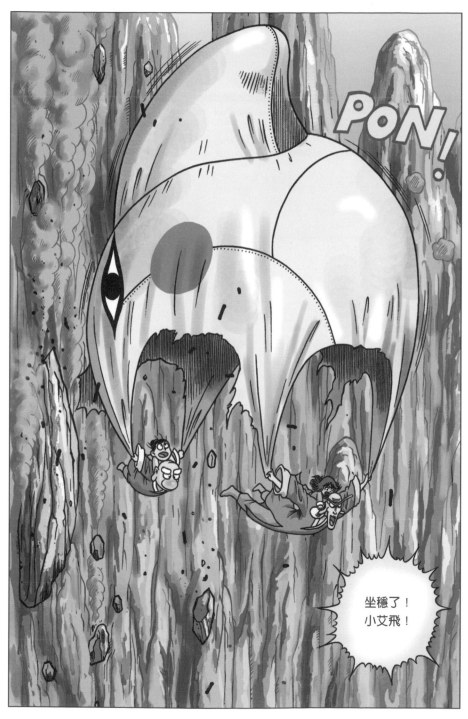

第 15 話

惡整葫蘆幫

大師兄裸體健美狂炒咖哩毒藥

這種悲傷時刻

戀又態狂！

還有心情搞笑？

繼續。

繼續。

我喜歡。

沉魚落雁

K CON

接下來，今年的超級男生要為各位獻唱一首。

午夜香吻。

不行！不能讓他唱歌

討厭！

討厭！

討厭！

討厭！

K

別打她，我要唱了。

1.2.3.4.……

不聽我的話吧！活該！活該！

下 雨 了 ！

你鬧夠了沒？

林公公上山老半天了，到現在也沒半個信號！

到底發生什麼事？

還要耗多久呢？

真無聊。

肚子都等餓了。

就是嘛。

你們幾個去做飯來吃。

我頭疼。

我腰酸。

我腳腫。

我牙痛。

好吃懶做的臭娘們！沒用！

艾寡婦！你去做吃的……

啊！真的不是故意的……

喂！先別耍威風！

我看你也是個狂爛的……

廚房白癡。

瞧瞧這雙油嫩桂花手，恐怕荷包蛋都煎不好吧？

可是不嘛！她連雞蛋和鴨蛋都分不清楚呀！

羞死人了！

算啦！算啦！誰能無弱點？

今天就由本帥哥來當個好男人吧！

加水把料煮軟。

紅蘿蔔煮透就代表可以了。

最後摻入香噴噴的咖哩粉用火燉煮。

要輕柔攪抖，讓味道色澤勻稱。

阿亮咖哩飯完成！

開飯！

奇怪哪！

有毒的飯為什麼會好吃呢？

有毒？

不會吧？

你少騙人！

剛才不小心把殺蟑螂藥粉當成雞精。

啊！

啊！

啊！

而且真對不起。

還掉進一粒老鼻屎。

啊！

啊！

啊！

兩種加起來的化學反應會造成皮膚龜裂，掉頭髮。

出水痘，長黑斑，起紅疹。

眼歪口斜。

哇

哇

哇

別耍花招！剛才你是第一個吃的，為什麼完全沒事？

因為我煉了烏龍院祕技！

神農氏嘗百草反彈功

敲!!!

捶!!!

毒物全部打包成一塊。

吐！

～傻眼了！～

哎喲！頭好疼，那群變態狂呢？

艾寡婦醒啦！

你錯過了好戲了！

我一個人把她們全給整慘啦！

師父肯定會誇獎我的！

因為我立大功啦！

咖哩飯。

HA HA HA HA

嗯！真好吃！

我真是餓壞了！

艾寡婦！

不能吃呀！

熱空氣上升

突然冒上來薰天惡臭？

遇上亂流！快要失控啦！

為什麼全都是咖哩的味道？

真臭！

師父！

平安就好。

大家都沒事吧！

咋

我有事。

脊椎打折啦～

振作點！一定是落地時摔傷的！

兄弟，你的嘴唇傷得也不輕。

！

嗚哇！

磨成蛤蟆臉了！

艾飛！

媽咪在這裡。

輕一點！

當心！

我好擔心你呀！

你好臭！你是誰？

我是誰？你不認識我？

艾飛的爸呀！女兒問我是誰？

她是艾飛的媽！你要叫呀！

噢！

嗨！臭媽媽，你好！

叫我臭媽媽？

對呀！你超臭！

艾飛一定是降落時摔壞腦袋瓜了！

蒼天！請你把我當免洗筷來折磨！請不要重複又重複地讓我承擔痛苦！

我，受不了啦！

噗～嗚～

臭

BODOOW～

真是猴急，你以為是在泡麵嗎？

大師兄，草藥煎好了沒有？

還沒哪！

哎喲~

輕一點！

哎喲

師父忍著點，藥就快煎好了。

艾寡婦她醒了嗎？

躺在房間半天沒動靜。

唉，真可憐。

烏龍金瘡藥煎好啦！

她……

艾飛這孩子是怎麼搞的？

連自己的老娘都不認識了。

會不會是在山上中邪啦？

你去房裡看看艾寡婦的狀況。

是，我這就去！

艾飛？

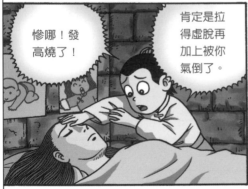

都怪兩位師父做發財夢!

若不是上山尋寶,也不會把她牽扯進來⋯⋯

可憐!

這種感傷時刻還有心情吮手指?

過分!

咬。

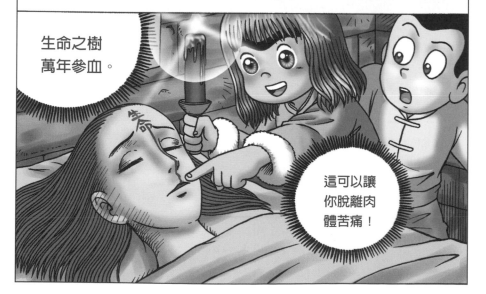

生命之樹萬年參血。

這可以讓你脫離肉體苦痛!

喔！簡直比十八歲更十八歲！

這種神奇療效拿來賣錢肯定賺翻啦！

活寶呢？

咦？

活寶！

喂！你怎麼啦？

咳。

咳。

咳。

我還沒找到正身，剛才耗掉了太多元氣！

你……為什麼全身發抖？

一滴血等於一百年的天地精華。

真的呀！一滴血一百年？

艾寡婦這下子可賺到了。

好吧！你說現在該怎麼辦？

現在？

別開玩笑了！

如果七七四十九天內找不回我的正身，艾飛和我都將腐爛化為塵土。

小師弟正經相

哭了！

我師父受了重傷，怎麼能離開呢？

立刻出發用五把鑰匙找回我的本尊。

兩個老頭內力深厚，死不了的。

這一滴眼淚也值一百年精華吧！

你正經一點行不行？

說得倒輕鬆！那是我的師父啊！

這次尋寶肯定會大有收穫。

說不定能找到額外的寶藏。

到時候我全部送給你！

真的？

我去拿裝鑰匙的包包。

等我！

輕一點！

PADA!

唉喲喂

哇！胖師父愈腫愈大了！

瞧你大師兄粗手粗腳的⋯⋯

艾寡婦⋯⋯

還好吧？

她⋯⋯

她⋯⋯

她⋯⋯

沒事！沒事！我都搞定啦！

經過我⋯⋯

這樣⋯⋯那樣⋯⋯沒問題的啦！

胖師父……

怎麼啦？

這種時候還有心情站在那邊吮手指頭？

咬！

痛

這是幹啥？

一滴血！一百年！

你也中邪啦？

胡鬧！

別在這裡礙事！

師父多保重了！

小徒弟和艾飛的行為變得十分詭異！

是不是在古墓裡出了什麼狀況？

第 16 話

閃亮五鑰匙

活寶發威香蕉地瓜漫天飛舞

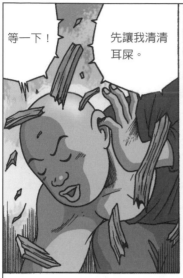

等一下！

先讓我清清耳屎。

剛才我沒聽錯吧！有人說：「我不是艾飛？」

她真的不是艾飛！

小師弟！

大師兄。

我知道大家都說你比我聰明。

但是呢！這並不代表我是白癡。

EGG HEA

她若不是艾飛？那你告訴我她是誰？

我不能告訴你。

為什麼？

因為那是個祕密。

你真的把我當白癡？

咱們兄弟從前有什麼祕密？

上廁所都能一起蹲。

但是……

自從有了臭女生！

你就有了祕密？

快說出來，否則休怪我六親不認！

老實告訴你：那真是個大祕密！

WHAT？

現在又變成大祕密了！你找打？

住手！

我告訴你這個祕密！

不行！是你說要保守祕密的！

我是長白雪山萬年老參「活寶」，附身在艾飛身上。

活寶？

附身？

你是真的摔壞腦殼還是少女漫畫夢未醒？

笑掉我大牙

你叫活寶？那麼我就是

火星王子

誇張

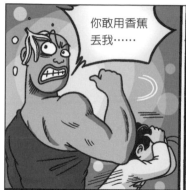

你敢用香蕉丟我……

你……

這是……

怎麼變出來的？

活寶是生命之樹，具有召喚所有植物的超靈力。

再讓你吃點地瓜。

地……地瓜。

大師兄，現在你該相信了吧！

痛！痛！痛！痛！

BROKEN

我是那麼容易被擊倒的男人嗎？

請你吃至尊──榴槤。

嘩

太狠了吧！可不可以請我吃木瓜……

嗒

來了嗎？

在哪裡？

大師兄！注意你的頭上！

慘～

叩！！！

叩！！！

活寶？

哇噢！真是夠玄的！

沒想到你們在山上會發生這麼大的變化。

從前聽說過秦始皇求長生不老藥的故事。

沒想到今天真給咱們遇上了。

讓我瞧瞧！

別亂摸我的身體！

稀罕什麼嘛！

摸樹枝也比你那根強！

這是什麼怪鑰匙盒？

要怎麼取出呢？

對呀！長得都一個樣！

嘿！轉也轉不動！

是不是又有
什麼機關？

一定是放了太久卡
住了！就像老罐頭
打不開一樣！

先敲一敲邊上就開！

呵
呵
呵

嘿！還真的
有效！

哈！

彈

EEEK!

天哪！

閃閃發光
黃澄澄的
金鑰匙！

慢著！

我是這裡的老大。

金鑰匙應該由老大來保管！

咕

別——

不要發動！

嗚嗚

嘩

你是老大！你是老大！哎呦！別砸啦！

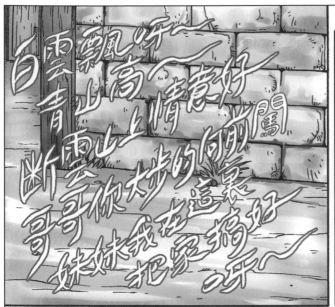

是誰一大早
就哥呀妹呀
的情歌？

我倒覺得她
的歌聲很動
聽！

中氣十足，
一定是位自
信又快樂的
女同胞。

擾　人　清　夢

你就是那個一天到晚唉聲嘆氣,哭哭啼啼,愁眉不展,喪門臉的艾寡婦?

對呀!就是我嘛!

奇跡吧?

不知怎麼搞的,今天早上起來覺得全身舒暢,活力充沛,心情愉快,從沒有過的新感覺!

超有精神——

覺得這個世界上所有所有的一切都是美好幸福的!

她八成也中邪了!

快叫徒弟來把她壓住。

他們兩個和艾飛都失蹤了!

一大早就不見人影。

阿阿。

不見了!

古怪呀!你一點都不擔心嗎?

阿阿阿!長這麼大又不會搞丟。

樂觀一點,他們玩累了就會回家的。

來!我為二位換藥!

不行!我沒穿褲子!

掀

苦菊

哎呀!羞死啦!

還笑。

阿阿阿。

活寶本尊所在處之一「鐵桶坡」的鐵蓮女堡主雇用了殺人不眨眼的刀客──「午門屠刀」，而追殺的對象卻是一隻兔子，究竟是什麼樣的兔子這麼恐怖，得請上兇猛的刀客來刺殺，這隻兔子跟千年活寶的傳說又有什麼關連？

才剛解開了活寶身世的祕密，卻又引出更多謎團，預知詳情，請千萬別錯過烏龍院精采大長篇──

《活寶3》！

 深刻地體會淺薄· 無言中感受知音

不苦堂

製作大型的長篇連環漫畫,有這樣的體驗心得
──────"十年磨一劍"

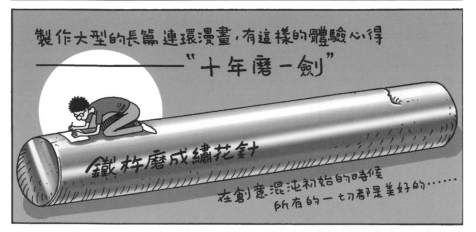

鐵杵磨成繡花針

在創意混沌初始的時候
所有的一切都是美好的……

想的漂亮

說的容易

一天八頁

一個月出三本

答的痛快

OK

刷

但是……
做下去才知道
"計劃永遠比不上變化"

START

啊呵!!!
那是……
一種莫名的,
衝動的,
與生俱來的,
對漫畫作品
征服的野心,
驅使你
投入戰場!

殺!

然而面對的
卻是自己產下的夢幻大餅。

I♥COMIC

一路上困難重重,
會遇到殘忍的懶魔

還會被欲望眾鬼
隨時的引誘騷擾。

每月,每周,日日夜夜
都得與時間搏鬥!

交稿

為了追求效率,必須
尋找知己的伙伴。

凝聚力量,共闖難關!

衝呀!

《烏龍院年度大戲》

全劇計劃
以六冊完成
每冊二百四十八頁
全彩製作。

《活寶》的故事框架很大,有撲朔
迷離的轉折,劇中保留了
烏龍院一貫的趣味風格,
更加入了推理與冒險的驚奇。

〈活寶〉第一冊·師徒解謎圖

在本劇的造型設計上
特別突出每個新角色的個性。

《活寶》第一冊·搞怪貓狗組

每個場景的刻畫,均要求匠心獨具。

《活寶》第一冊·霸王烤鴨店

《烏龍院年度大戲》
在構思之初也曾經
嘗試過許多的方向。

偵探·愛情·
變態·復仇·冒險
運動·淘金…

太過簡單的劇情
就不適合
長篇漫畫的需求。

2－1＝1
1＋1＝2
0×0＝0

太過古板的內容
會讓故事又悶又乾
榨不出一點鮮汁。

…

不来电

現代的漫畫要求度甚高，
但是不論什麼選題，最重要
的定律就是要"娛樂化"

阿亮
愛妹
妹

長眉相親記

kiss!

所以在編劇初期
消耗的打印紙比人還高，
但是東挑西選下來，能用的寥寥無幾…

即使有了定向的劇本
在繪製的時候
也會常常因為臨場的需求
而被牽引脫軌，修改劇情，
"主觀"仍然是藝術家詭異命運的陰影。

●分鏡

這是連環漫畫極為重要的一個啟動關鍵。主筆要將劇本上的文字"解釋"成為一格一格的圖像畫面。

STORY:
大師兄發現魚身上有奇怪的字，而且竟然是用頭髮刻在鱗片上的

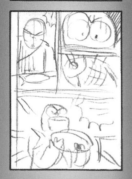

〈分鏡〉要求度
行雲流水‧明快順暢要能帶給讀者閱讀時有看電影的氛圍。

●清稿

必須準確的把主筆所交待的人物和背景清楚的勾勒出來。

師父你好笨

師父你好笨

〈清稿〉要求度
素描能力必須強，而且還要能捕捉主筆之間的默契。

●描線

手要穩,心要定.眼要準在複雜的打稿線條中果斷選擇出正確下筆的位置,完成任務。

叮叮!

SWA

SWA

〈描線〉要求度
而今心!當遇上要描一張大場景的時候,還需要一個鐵屁股!
(而才坐)

豬頭主筆!為什麼千軍萬馬在長城賽跑

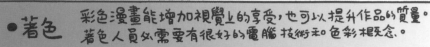
● 著色　彩色漫畫能增加視覺上的享受，也可以提升作品的質量。著色人員又需要有很好的電腦技術和色彩概念。

喂——白馬王子會騎斑馬嗎？

所以製作一本漫畫，從作者交到讀者手上，要經過漫長的路程。

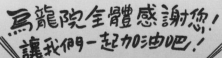
原創—— 編劇—— 分鏡—— 清稿—— 描線—— 著色——

上市—— 包裝—— 印刷—— 校訂—— 打樣—— 設計—— 編輯

現在工作室裏每一個人都專注投入《活宝》的製作中，並採取更細的分工和嚴格的流程控管，期望能經過此次實戰的經驗，體現出一種適應更大挑戰的能力。

烏龍院全體感謝您！讓我們一起加油吧！

回函送《活寶2》中獎名單！

趙泓鈞——7歲，板橋

ㄨㄛˇ ㄐㄩㄝˊㄉㄜ˙ ㄓㄜˋ ㄅㄣˇ ㄕㄨ ㄏㄣˇ ㄏㄠˇ ㄎㄢˋ

編輯評語：您瞧瞧？這位趙小朋友連國字都還不會寫，就努力回函表達感想。讓編輯們太感動了。（大淚 Q_o）

黃寅恩——10歲，板橋

這本書很好笑，因為在玩猜字謎的時候，沒有看過那麼厲害的人。

編輯評語：這位小朋友特別注意到敖老師精心設計的字謎，可見也是武林高手，幸會幸會！

林柏毅——11歲，花蓮

要怎樣才能像你那樣有這麼多的點子呢？

編輯評語：問得好！但～這種問題還用問嗎？當然是多看敖老師的漫畫學學囉！

蔡聖寰——12歲，桃園

畫一張是一張。→這句話是《偷天換日》的第79頁第四格右邊的一張紙上寫的。

編輯評語：太強了！居然引經據典，可見敖老師的漫畫已經看到倒背如流了！不送你一本還說得過去嗎？

吳明駱——11歲，高雄

請不要「賣關子」，第二集快快來吧！但我得求媽媽買給我，真希望能送我一本！（有人故意請媽媽代筆，讓mama知道又要～～）

編輯評語：幹得好！這麼工於謀略，長大後必成就非凡。記得拿到《活寶2》後也要分媽媽看喔！

為感謝各位讀者對敖老師作品的熱烈支持，我們從眾多回函中抽出十份，這十位幸運的讀者將獲得敖幼祥最新長篇《活寶2》一本。

施宥亘——12歲，板橋
烏龍院對兒童的想法和心理有很多好處，我希望能有更多這種好書。
編輯評語：這位小朋友的口氣，完全得到新聞局、教育局等機構長官的真傳，事實上敖老師也經常入圍金鼎獎、獲得教育局評選優良圖書，記得要告訴學校老師喔！

賴科翰——10歲，南投
您辛苦了——集集故事精彩，人物逗趣，愛死你了，要一直畫下去喔！
編輯評語：這麼露骨喔！敖老師會像大師兄一樣害羞喔！（多說點多說點！）

朱育廷——13歲，台南
我覺得敖幼祥的書很有趣也很好笑，希望作者可以再出幾本敖幼祥的書。最後我祝作者和所有的讀者：笑口常開。
編輯評語 ：這是來件中唯一一位有想到所有敖老師忠實讀者的同學，這麼博愛仁慈的心胸，一定要挑出來當大家的模範。（你看看，人家可不是滿腦子只想要書，或是跟敖老師狗腿而已！）

林致佑——13歲，台南
希望活寶的內容一集勝過一集，也希望烏龍院可以一直畫下去。
編輯評語：這是許多讀者一致的心聲，在此告訴大家，這兩個心願敖老師絕對會幫大家實現！所以大家也要繼續支持敖老師唷！

楊瑤玲——47歲，汐止
在這個緊張的時代，你讓我們有喘口氣的機會，加油！
編輯評語：不用我說，大家也該知道這位讀者得獎的理由。47歲！可見是一路追隨敖老師的超忠實老讀者。謝謝您的支持，我們很高興「烏龍院」漫畫能帶給您這樣神奇的功效！

時報漫畫叢書 FT813

活寶 2

作　　　者—敖幼祥
主　　　編—林怡君
編　　　輯—何曼瑄
美術編輯—黃昶憲
執行企劃—李慧貞
董 事 長—孫思照
發 行 人—孫思照
總 經 理—趙政岷
出 版 者—時報文化出版企業股份有限公司
　　　　　台北市10803和平西路三段二四○號三F
　　　　　客服專線—（〇二）二三〇四—七一〇三
　　　　　（如果您對本書品質有任何不滿意的地方，請打這支電話）
　　　　　郵撥—一九三四四七二四　時報文化出版公司
　　　　　信箱—台北郵政七九～九九信箱
時報悅讀網—http://www.readingtimes.com.tw
電子郵件信箱—comics@readingtimes.com.tw
法律顧問—理律法律事務所　陳長文律師、李念祖律師
印　　　刷—華展印刷有限公司
初 版 一 刷—二〇〇六年四月十七日
初 版 七 刷—二〇一四年三月六日
定　　　價—新台幣二八〇元

ISBN 957-13-4452-4
Printed in Taiwan